뉴턴과의
만남

**과학을 바꾼 사과 한개 에서
시작된 이야기**

" 하암~ 오늘은 지옥의월요일 이야..."

평소와 같이 아침밥은 먹는둥 마는둥 했고
고양이세수를 했다.
가방지퍼를 잠그는것도 깜빡했다.

오늘도 학교로 전력질주했더니
다행히 지각은 피했다.

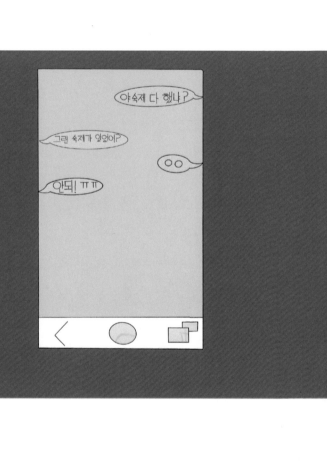

무사히 하루를 잘 보내고 집으로 돌아와 쉬는중에 윤지에게 카톡이 왔다.

"만유인력의 법칙을 발견한사람 조사하기 숙제 내일까지인데 다했어? "

집에 오자마자 뉴턴책을 폈다.
책을펴자마자 피로가 몰려온다

그만 잠이들어버렸다....

으악 ~

"여기가 어디지?"

깨어나 보니 숲속인 것 같았다.
길을 따라 걸어보았다

걷다보니오두막집 하나가나왔다.

오두막집 창문안을 들여다보았다.

창문으로 안을 들여다보니
어떤 여성이 태어난지 얼마 안되보이는
아기를 안고 있었다.

"아기가 많이 울고있는데 아버지는 어디가신거지..? "

집 안을 아무리 둘러보아도 아이아버지는 보이지
않았다.

" 그런데 이 아이는 누구지? 여긴 도대체 어디야? "

아까 보던 책 속의 장면이랑 좀 비슷한것 같은데...
이게 어떻게 된 일이지?

으악 ~

아기 울음소리가 계속들리는데
젊은 여자가 울면서 집밖을뛰쳐나간다.

" 아....! 뉴턴은 3살때 엄마가 집을
나가시고   할머니 할아버지 손에 길러졌다
그랬었지? "

뉴턴에 대해 조금 더 알고 싶어 책을 넘겨보았다.

여긴 어디지? 학교인가?

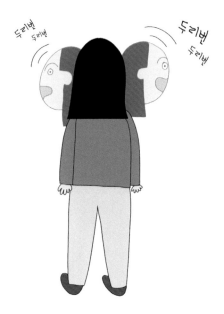

"'으악"
누가 내 뒤를 콱 잡았다.

"넌 누군데 학교를 몰래훔쳐보고있는거야?"

"아저씨 제 동생이예요."
"제가 깜빡하고 안가져온게 있어서
동생에게가져다 달라고 부탁했어요."

"그런거였구만..."

"여기는 철저하게 외부인 출입이 금지되고 있어.
근데 넌 누구니?"

"난 아이작 뉴턴이야"

뉴턴이라니 너무 놀랬다.
놀란 마음을 가다듬고 다시 이야기를 나누어보았다.

"정말뉴턴이예요?"
뉴턴과 잠시 이야기를 나누다 헤어졌다.

다시 책을 넘겨보았다.

이번에도 학교일거라 생각했지만 다시 그 숲이였다.
누가 내 어깨를 툭툭..... ?
뉴턴이였다.

뉴턴은 나를 반갑게 맞아 주었다.

"학교에안가?"
　"흑사병이라는 전염병이 돌아서 학교가 문을 닫았어."
"흑사병이 뭐야?"
　"아주 무서운 전염병이지."
"그럼 집에서 요즘 뭐해?"
　"미적분을 좀 연구하는 중이야."

다시 책을 넘겼다.
책속으로 빨려 들어갔다.

이번에 떨어진곳은 뉴턴의 집의 마당이 였다.
나는 나무 뒤로 숨었다.

뉴턴이 밖으로나와 사과 나무에 몸을 기대었다.
그때 갑자기

사과가 쿵...........

숨을죽이고 조용히 지켜보았다.
뉴턴은 생각에 빠진듯했다.

그리고나서 뉴턴은 진지한 표정으로 집으로 들어갔다.

다시 책장이 넘어간다.
"이번엔 어디로 가는거야...?"

이번에는 광장에 떨어졌다.
광장의 중심에는 뉴턴이 서 있었다.

뉴턴은 자신이 발견한 '만류인력의 법칙'을
사람들에게 소개 하고 있었다.

책장이 또 넘어간다....!

"여긴 어디지..?"

우연히 벽에 붙어있는 신문을 보았는데

'만류 인력의 법칙발견한 위대한 과학자 뉴턴
왕립협회 회장으로 24년 동안 있다가 생을 마감하다.'

나는 너무 슬펐다....
어떤 이유인지 알 수 없었지만
눈물이 흘렀다.

다시 책장이넘어간다..

눈을 떠보니 집이다.

잊어버리기전에
숙제를마무리했다

학교에서 숙제한 것을 발표했다

내 글이 최고의 글로 뽑혔다.
정말 기뻤다.

뉴턴 고마워요.....

도서명 뉴턴과의 만남
부제명 뉴턴과의 만남

발 행 | 2023년 04월 20일
저 자 | 김승환
펴낸이 | 한건희
펴낸곳 | 주식회사 부크크
출판사등록 | 2014.07.15(제2014-16호)
주 소 | 서울특별시 금천구 가산디지털1로 119 SK트윈타워 A동
305호
전 화 | 1670-8316
이메일 | info@bookk.co.kr

ISBN | 979-11-410-2525-0

www.bookk.co.kr